孙子兵法

——第三十八册

上海人民美术出版社
浙江人民美术出版社

目 录

战例 **赵襄子决水反灌智伯**

编文: 万莹华

绘画: 陈亚非 淮 联

原　文　以火佐攻者明，以水佐攻者强。水可以绝，不可以夺。

译　文　用火辅助军队进攻，效果明显；用水辅助军队进攻，可以使攻势加强。水可以把敌军分割隔绝，但不能使敌军失去军需物资。

1. 战国初期，晋国的军政大权已由智氏、赵氏、魏氏和韩氏四家执掌，其中数智氏势力最大。大夫智伯仍不满足，时刻想消灭其他三家，独霸晋国。

2. 周贞定王十四年（公元前455年），智伯借晋王的命令，要魏、韩两家各献出一百里土地和户口给公家，名义上是加强国家力量，实际为的是削弱三家势力。

3. 魏桓子与韩康子虽很不情愿，但因惧怕智氏，都勉强交出了土地。

4. 接着，智伯又遣人到赵家，要赵襄子献地。赵襄子严词拒绝，他对来人说："土地是祖先传下来的，我怎敢轻易送人呢？"

5. 智伯得悉后大怒，遂要韩、魏两家共同进攻赵家，并答应灭了赵家
后，三家平分赵家的土地。

6. 韩、魏两家慑于智伯的专横，不敢公开违抗，同时，也希望分得赵家的一份土地，就各出一军，跟随智伯一起进军赵地。

7. 赵襄子自知寡不敌众，就带着人马连夜退到晋阳（今山西太原西南）。

8. 晋阳是赵先主赵简子的封地，又先后经赵家有才能的家臣董安于、尹铎的精心治理，城坚粮丰，百姓又很拥护赵家。晋阳百姓听说赵襄子来了，全都出门迎接。

9. 没多久，三家兵马就把晋阳城围得水泄不通，智伯指挥三家人马日夜攻城。

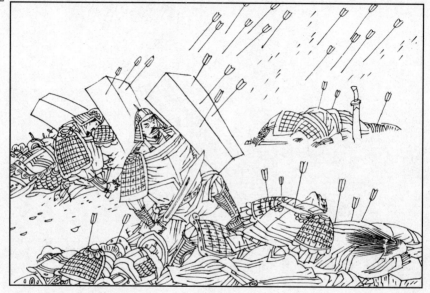

10. 赵襄子命令将士们只许坚守，不许出战。城上箭如雨注，赵军仗着弓箭击退三家的无数次进攻。

11. 赵军守城一年多后，城中箭已将用尽，赵襄子十分着急，家臣张孟谈说道："当年董安于治理晋阳时，有不少宫柱是用铜铸成的，可以拆来制箭头，在宫墙内还储备了芦柴和荆条，可以拿出来做箭杆。"

12. 赵襄子大喜，让自己的家眷也和士兵、工匠一起，拆柱取杆，制造出无数羽箭。

13. 晋阳全城军民同心同德，坚守城池。三家兵马一连围困攻打了两年多，仍不能破城。

14. 战争一直拖到周贞定王十六年（公元前453年），智伯焦急万分。一天，他带领随从登上城西北的龙山察看地形，见晋水远来，绕晋阳城而去，顿生水灌晋阳城的主意。

15. 智伯命令士兵在晋水上游筑坝，造起一个巨大的蓄水池，再挖一条河通向晋阳城西南。又在围城部队的营地外，筑起一道拦水坝，以防水淹晋阳的同时也淹了自己的人马。

16. 完工后，正值雨季到来，连日大雨不止，河水暴涨，把蓄水池灌得满满的。智伯下令，掘开堤坝，大水奔腾咆哮，直扑晋阳城。

17. 霎时，晋阳全城都被浸泡在水里，百姓只好在房顶上避难。但全城军民，宁可淹死，也没有投降的。士兵在仅剩六尺未淹的城墙上坚持守护。

18. 赵襄子叹息着说："这全是尹铎爱民的功德啊！"他转身对家臣张孟谈说："民心虽然没变，但水势再涨，我们不就全完了吗？"

19. 张孟谈说："我看，韩、魏两家跟随智家出兵，并非出于本心，主公只管多造船只、木筏，准备水上作战，我去见见韩、魏两家。"

20. 在这同时，智伯正约韩康子、魏桓子同乘一车巡视水情。智伯见水已即将越过城头，得意地说："我今天才知道水可以用来灭亡别人的国家。"说完看着两人哈哈大笑。

21. 坐在智伯身边的韩康子与魏桓子互相暗示，两人心里都明白，智伯言下之意是：汾水可以灌安邑（魏都，今山西夏县西北），绛水可以灌平阳（韩都，今山西临汾西南）。两人都怒不敢言，脸露苦笑。

22. 这天晚上，张孟谈偷偷缒出城外，拜见韩康子与魏桓子，说："常言道'唇亡齿寒'，赵家如灭亡了，你们两家灭亡的日子也不远了，望二位三思。"

23. 韩康子、魏桓子说道："其实我们心里都很明白，只是怕事情一旦泄露，大祸就会立刻临头呀。"

24. 张孟谈说:"计谋由您俩出,我一人听,怎么会泄漏呢?"于是,二人与张孟谈暗暗约定日期共同进攻智伯。

25. 第三天晚上，韩、魏联结赵家，杀死守堤的士兵，掘开了卫护堤，放水淹没智伯军营。

26. 从睡梦中惊醒的智伯慌忙涉水逃命，韩、魏两家左右夹击，赵襄子率军出城正面进攻，智伯军大败，智伯被杀，智家被灭族。历史上称为"三家灭智"。此后，晋国的大权就掌握在赵、魏、韩三家手中。

战 例 **李自成不修其功失天下**

编文：隶　员

绘画：盛元龙　励　钊

原　文　夫战胜攻取，而不修其功者，凶，命曰费留。

译　文　凡打了胜仗，夺取了土地城邑，而不能巩固战果的，则很危险，这就叫做财耗师老的“费留”。

1. 明崇祯十七年（公元1644年）三月十九日，李自成在刘宗敏、牛金星、宋献策等人的陪护下，率领大顺农民军开进北京城。京城百姓夹道欢迎。

2. 队伍进入皇城，李自成这个当年的驿站马夫，立马承天门前，抚今追昔，感慨万千。忽然，他一箭向门匾射去，箭中匾斜，象征着腐朽的朱明王朝自此垮台了。

3. 李自成安置好崇祯皇帝的遗体和朱氏家属生活等善后工作后，就忙着进行稳定京师人心和安定社会秩序的工作。首先公告：大顺政权"三年不征，一民不杀"。市民百姓欢欣鼓舞，奔走相告。

4. 同时，整肃军纪，严禁士兵侵扰百姓。有两名士兵因抢前门铺中绸
缎，被当即正法，并将他们的手足钉在前门左栅栏上，以儆效尤。

5. 接着，派员接管和清理明朝廷各衙门。除三品以上的大臣外，凡来投报职名的旧官员，都酌情使用。

6. 而对那些罪恶昭著的皇亲国戚、大僚和专权的宦官则严惩不贷。入城第三天，处死成国公朱纯臣。两天后，又斩罪官二百余人。

7. 几天后，北京城就恢复了正常秩序，百姓安居，商贾乐业。

8. 李自成又不失时机地派出大批官员出京城接管地方政权。到四月初，大顺政权管辖的范围，东到山东，西至甘肃、宁夏，北沿长城，南达淮河及长江以北，遍及全国一半以上的地区。

9. 大好的形势使农民军领袖们产生骄傲轻敌思想，以为只要举行了皇帝即位典礼，表明天命所归，天下就可颁诏而定。在京文官忙于筹备李自成即位典礼。

10. 以宰相自居的牛金星，往来拜客，遍请同乡好友，摆出一副太平宰相的样子。

11. 以刘宗敏为首的武官忙于追赃助饷。在京旧官按官大小，摊派饷银，多者十万，少者数千。如有不交者，即严刑拷打。

42

12. 追赃风从北京波及各地方，追赃范围竟扩大到幕吏杂流乃至商人，手段也日益残酷，各地官绅富户如受汤火之苦，人人自危。

13. 义军各级首领置军务、政务于不顾，专事追赃。李自成也发觉此风对建立新政权的危害。四月初八，李自成亲自出面规定：凡在押官僚不论是否交足派饷，一律释放。

14. 李自成令下后，北京的追赃风有所收敛，但各地方却变本加厉地进行。

15. 义军部分首领的胡作非为，也直接影响了军风纪，士兵中违纪现象时有发生，而对他们的惩处却没有初入城时那样严厉了。

16. 李自成虽然生活简朴，关心民间疾苦，在四月上旬还先后两次召见城内和城郊各村耆老，慰问并了解情况，但毕竟已是深居宫中，对部下的所作所为不能像先前那样清楚了。

17. 这时，已经答应归顺李自成的宁远总兵吴三桂及山海关总兵高第，正带领部众向京师进发，准备朝见后接受新的任命。

18. 行至半途，吴三桂得知义军在京大肆追赃，严刑拷打众官；又听说他父亲也受刑将死，爱妾陈圆圆又被刘宗敏夺走，于是大怒叛变，回师东退。

19. 吴三桂重占山海关后，以"为君父复仇"为名，出卖民族利益，要
求清统治集团出兵，联合进攻北京农民起义军。

20. 李自成得知吴三桂叛变，急召文武官员商议，本拟派刘宗敏、李过率军收复山海关，但当时二将耽乐已深，毫无斗志，不得已才下令亲征。

21. 李自成对久怀入侵关内之心的清统治集团本来就缺乏警惕，这次又根本没考虑到吴三桂会勾结清军，共同来犯。李自成只率六万精兵贸然出战，结果仓皇败退。

22. 四月二十六日，李自成退回北京，清军跟踪而至，李自成命刘宗敏、李岩、李过、唐通等将连兵十八营抗击。

23. 二十八日，农民军再次大败，刘宗敏负伤逃回，清军与吴三桂进逼京城。

24. 这时，北京周围地区的地主势力纷纷组织武装，袭击农民军。起义军内部又不团结，大多数将领主张退回关中。在清军与吴三桂军不断攻逼下，李自成于四月二十九日匆忙称帝。

25. 即位典礼草草结束后，即告示全城人民出城避难，以免清军入城屠杀。

26. 第二天清晨，入城仅四十二天的李自成，率大顺军匆匆撤离北京，向西退去。轰轰烈烈的明末李自成农民起义，从此由胜利的高潮走向败退的道路。

战例　**刘备因怒兴军败夷陵**

编文：冯　良

绘画：徐有武　徐有强
　　　戴伶明　徐丹青

原　文　　主不可以怒而兴军。

译　文　　国君不可因一时愤怒而发动战争。

1. 赤壁大战以后，曹操对孙权、刘备的威胁暂时缓和了，而孙刘之间的矛盾却日渐激化起来。尤其是孙权派兵夺回荆州，杀死关羽，使刘备怒不可遏，非为二弟关羽报仇不可。

2. 刘备在狂怒之下，不听诸葛亮、赵云的劝告，在他称帝的那年（章武元年、公元221年）七月，带领蜀汉的大部分人马，对东吴孙权发动了大规模的战争。

3. 孙权得到这一消息，几次派人向刘备求和，都遭到拒绝。这时候，东吴的大将周瑜、鲁肃和吕蒙等人都已先后去世，孙权只得任命年轻的镇西将军陆逊为大都督，统率朱然、徐盛、韩当、孙桓等将，领五万人马抵抗刘备。

4. 东吴的文武大臣对陆逊就任大都督多有议论，有的说陆逊声望不高，难以指挥；有的说陆逊才能不够，担当不起统帅重任。孙权深知陆逊为人忠厚，才能出众，便力排众议，坚决把统帅重任交给陆逊。

5. 为了提高陆逊的威望，孙权当着众大臣的面，把自己的佩剑交给陆逊，说："朝廷内的事，由我主持，外面打仗的事，由你全权负责。若有人不听指挥，你可先斩后奏。"陆逊郑重地接过剑，辞别孙权率水陆两军来到前线。

6. 此时，已是蜀汉章武二年（公元222年）二月，刘备率水陆两军四万多人马，接连打胜仗，深入吴境五六百里，已从秭归进抵猇亭（今湖北宜都北），并在夷道县（今湖北宜都）包围了东吴先锋孙桓的人马。

7. 东吴军到达猇亭前线后，将领们要求陆逊迅速派兵援救孙桓。陆逊已详细了解了前线情况，胸有成竹地说："孙桓将军一向受士兵爱戴，定能坚守夷道城，可不必去救。等我军打败蜀兵，孙桓将军自然解围了。"

8. 将领们又急于要迎击刘备大军。陆逊说："刘备率军东下，深入吴境数百里，锐气正盛；其陆军已占高地，很难一下将其攻破。如果出战不利，反会挫伤我军士气，关系到大局。应当勉励将士认真防御，等待时机。"

9. 将领们听了陆逊的话，嘴上不敢说，心里却认为陆逊胆小，害怕蜀军，脸上露出了轻蔑的神色。

10. 蜀军多次挑战，陆逊严令诸将闭垒，置之不理。这样，吴蜀两军从二月相持到六月，双方都没有前进一步。

11. 刘备急于取胜，想了一条计策：命令部将吴班带领数千较弱的士兵，到靠近东吴军营的平地去扎营；自己率精兵八千于夜间悄悄埋伏于山谷，让吴班引诱吴军出战。

12. 吴班扎营后，带领一些士兵到东吴营前挑战，耀武扬威，不断辱骂。

13. 东吴将领十分气愤，大都要求出战。陆逊却冷静地说："从蜀军的行为看，肯定是施的诡计，各位耐心等着，看他再怎么干！"

14. 刘备等了两天，知道诱敌之计被识破，只得从山谷里撤出伏兵。这次撤兵，被东吴的部分将领看到了，于是开始信服陆逊。

15. 这时正值盛夏，炎热异常。蜀军水兵忍受不了蒸人的暑气，怨声不绝。刘备只得让水军离船上岸，和陆军一起，在夷陵一带靠着溪沟山涧、树林茂密的地方，扎下互相连接的四十多座军营，以躲避酷暑。

16. 陆逊了解到蜀军战线拉得如此之长，兵力非常分散，而且士卒疲劳，士气低落，认为进行反攻的条件已具备。于是思考了作战方案，向孙权写了奏章。

17. 陆逊在奏章中写道："夷陵是咽喉要害之地，失陷后，荆州就危险。这次，一定可夺它回来。蜀军原来水陆并进，较难对付，今反舍舟登岸，处处结营，我就能击败它了……"孙权阅后高兴地说："有这样的将领，我就放心了。"

18. 这天，天气很热，陆逊召集将领宣布出兵破蜀的计划。将领一听要攻蜀军，感到既突然，又疑虑，都以惊奇的目光看着统帅。

19. 陆逊看出了将领们的心思，说："刘备是个有作战经验的聪明人，诡计多端。刚到达这里时，水陆并进，军纪严明，士气旺盛，而且大军深入吴境，报仇心切，都促使他急于求战。那时不与他交战，是为了避其锋芒。"

20. 诸将认真地听着。陆逊接着说："如今他让水军离舟上岸，分明是为了避暑，然而兵力分散，军心懈怠，原来的那股锐气已经消失。这正是我军进攻取胜的大好时机。"将领们觉得分析有理，佩服陆逊的远见。

21. 为了使反攻有必胜的把握，陆逊先派出一小股兵力，对蜀军的一个营垒作侦察性进攻。战斗结束，使陆逊探明了蜀军连续结营的具体状况，坚定了他采用火攻击破蜀军的信心。

22. 陆逊命令水路士兵，用船舰装载茅草，每束茅草中裹着硫磺、硝石等引火物，迅速运往指定地点。又命令陆路士兵，各取茅草一束，一到蜀营，立即顺风放火。一束用完，再到指定地点去取。

23. 翌日黄昏，数千吴军突然从蜀营附近的密林中出现。顿时，蜀军相连的数十座军营自东南至西北连续起火，火随风势，风助火威，竟成一片火海。

24. 蜀军毫无防备，顿时大乱。不多久，蜀军扎于密林中的四十多座连营全被烧毁。东吴大军乘着大火一齐发起反攻，杀敌不计其数。此时，陆逊又派朱然、韩当等将进围猇乡（今湖北宜昌西），切断蜀军退路。

25. 蜀将张南、冯习保护着刘备逃跑，正遇吴将徐盛、韩当。一阵厮杀，蜀将抵挡不住，张南、冯习被杀，刘备拨马向夷陵马鞍山（湖北宜昌西北六十里）逃去。

26. 东吴大军乘胜追击，被斩杀的蜀军尸体满江而下。

27. 刘备逃到马鞍山，陆逊率大军将马鞍山团团围住，从四周放火烧山。

28. 刘备无可奈何，只得在夜里带着残兵败将，杀开一条血路冲出包围，向西逃跑。陆逊遂夺回"川鄂咽喉"夷陵。

29. 东吴军紧紧追赶，刘备急命沿途驿站的人员，收集军用物资和士兵丢弃的衣甲，堆在要道上焚烧，以阻碍追兵。

30. 担负断后的蜀将傅彤身受重伤，拼死作战，才使刘备摆脱追兵，逃到白帝城（今四川奉节）。夷陵之战，由于刘备因怒兴军，使蜀国大丧元气；陆逊火烧连营，却在古代战争史上留下了光辉的一页。

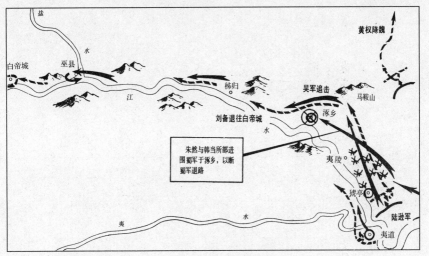

夷陵之战示意图

孙 子 兵 法

SUN ZI BING FA

杨玄感愎而致战兵败身亡

编文：隶　员

绘画：·盛元龙　励　钊

原　文　将不可以愠而致战。

译　文　将帅不可因一时气忿而出阵求战。

1. 隋炀帝杨广即位后，不仅奢侈豪华，横征暴敛，而且穷兵黩武，四出征战。大业八年（公元612年），杨广征召全国一百余万人马征讨高丽，结果惨败，三十余万人渡过辽河作战，败还时仅剩二千余人。

2. 连年的战争，沉重的税赋，百姓生活已经惨极。杨广毫不顾念人民的
痛苦，于第二年正月，再度征调全国兵马，进攻高丽。

3. 出征前，杨广命代王杨侑（yòu）留守西京长安，越王杨侗留守东都洛阳。因二王还年幼，委派刑部尚书卫文升、民部尚书樊子盖分别协守。

4. 在黎阳（今河南浚县东北）督运粮草的礼部尚书杨玄感，是隋朝开国元勋杨素之子。他早就对杨广心怀怨恨。乘杨广远征，民心积愤，率运夫、船民八千人起兵。

5. 杨玄感召来弟弟杨玄挺、杨积善以及李密共商大计。李密也是贵族后裔，他的才识深受杨素的赏识。杨玄感也与他一见如故，成了知心好友。李密说："有上、中、下三策可行。"杨玄感问："上策如何？"

6. 李密说：“隋天子远在辽东，南有大海，北有强胡（指突厥），只有中间一条险路可归。如果我们长驱直入，占据险要，断绝归路，高丽闻之，必袭其后。这样，不过一月，隋军粮草皆尽，部众不降即溃，杨广可不战而擒。”

7. 杨玄感说："请问中策？"李密答道："关中（长安周围地区）是
四塞之地，天府之国，虽然有卫文升在，也无多大威胁。率众西行，不
攻打经过的城市，直取长安，据潼关天险而坚守，夺其根本，渐图大
业。"

8. 杨玄感又问下策。李密说："挑选精锐兵士，日夜兼程，袭取东都洛阳，据以号令四方。但恐怕东都已经获悉，樊子盖已有准备。如我军强攻坚城，百日不克，东征兵回救，胜负就难料了。"

9. 杨玄感笑道："你的下策才是上策。因为随从炀帝出征的百官家小均在东都，若先取之，足以动摇其军心。况且，你说西取长安不攻打经过的州县，那怎能显示我军的威力呢！"

10. 大业九年（公元613年）六月，杨玄感率一千兵为先锋，大军随后，直指洛阳。一路上，百姓纷纷响应，加入队伍，声势日壮。

11. 兵抵洛阳，樊子盖果然已获消息，早有准备，杨玄感久攻不克。

12. 杨玄感便分兵攻掠附近郡县，连破荥阳、虎牢等地。隋朝官员及子弟也纷纷来投，兵马已达十万余众。

13. 长安的代王杨侑见东都危急，命刑部尚书卫文升率兵四万往救。

14. 围攻辽东正急的杨广闻报"杨玄感叛，东都危急"，急忙撤军回救。命虎贲郎将陈稜进攻黎阳，又遣左翊卫大将军宇文述、右侯卫将军屈突通驰救东都。

15. 屯兵东莱（今山东掖县）准备渡海进攻高丽的隋将来护儿，听说洛阳被围，也急率所部回救。当时被处罚、在杨广军中戴罪立功的隋右武侯大将军李子雄却逃走投奔杨玄感。

16. 七月中旬，屈突通、宇文述等军已先后到达河阳（今河南孟县西南）。为不让援军渡河与樊子盖、卫文升联合夹攻，杨玄感率军阻截。

17. 樊子盖识破了杨玄感的计谋，率军出城袭击杨军营地。援军乘机渡过河来。

18. 卫文升也东出夹击。杨玄感分兵作战，腹背受敌，屡战不利。

19. 杨玄感召李密及李子雄商议对策。李子雄说："东都援军越来越多，我军多次战败，不可久留，不如直入关中，开永丰仓赈济贫苦，赢得人心，三辅之地可轻易而得，占据府库，再东向争夺天下。"

20. 李密说："我们可以声称在陇右据有重兵的弘化（今陕西庆阳北）留守元弘嗣也反了，是他遣使迎我军入关的，这样就能骗过我军士卒，安定军心。"

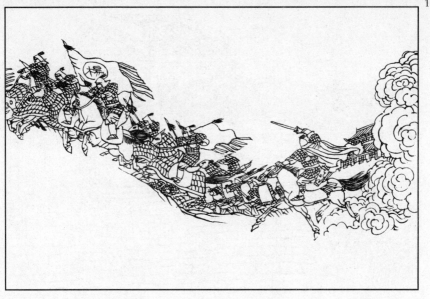

21. 杨玄感采纳了他俩的建议，下令撤了东都之围，率大军直奔潼关。

22. 大军经过弘农宫（今河南陕县）时，弘农太守杨智积对属官说："杨玄感是因援军将至，才西图关中的，如果让他得逞，以后就难遏制了，我们当用计阻滞他，援军追到，他就难以逃脱了。"

23. 当杨玄感率军经过弘农宫城下时，杨智积登城楼大声辱骂杨玄感。
杨玄感闻之大怒，立即改变计划，率军攻城。

24. 李密劝告说："兵贵神速，宜速西进。况追兵将至，此地怎可稽留！前进未达潼关，后退又无地可守，如军众一散，将就不能自保。"杨玄感仍怒不可遏，非捉住杨智积不可，不听劝告，下令火烧城门。

25. 杨智积早有防备，在城内也放起火来，内外连成一片火海，杨玄感无法率兵入城。

118

26. 弘农宫城虽小，却很坚固，杨玄感一连三日，攻城不拔。

27. 这时，探马飞报："追兵已近。"杨玄感无奈，只好撤围西行，可惜为时已晚，追兵终于在潼关外追上了他。

28. 杨玄感且战且走，一日三败。董杜原一战，杨军被击散，杨玄感只领十余骑，奔往上洛（今陕西商县）。

29. 途中人疲马倒，只剩杨玄感与他弟弟杨积善徒步逃跑。

30. 两人又走了一程，杨玄感自料难以脱逃，对弟弟说："我痛感不纳忠言，慍而乱谋，失策在前，失机于后。我不能受人戮辱，你杀死我吧！"杨积善闻言痛哭，杀死杨玄感，随之自刎未死，被追兵抓获。